KB235632

아내가 웃는다

김동우 시인
1956년 1월 4일 서울생
서울예술대학 문예창작과 졸업
대한출판문화협회 편집인 대학 수료
금성출판사 세계문학부 근무
영림카디널 편집장 재직
'낮달' 시 동인으로 시 창작 활동
▲ 저서: 시집 『번뇌의 시간, 꽃으로 피다』『야생화』『희망이 있으니까
기다린다』『살면서 그 누구나 다 한 번은 꽃』 출간

아내가 웃는다

초판 인쇄 / 2023년 8월 25일
초판 발행 / 2023년 9월 1일

지은이 / 김동우
펴낸곳 / 도서출판 말벗
펴낸이 / 박관홍
신고일 / 2007년 11월 2일

주소 / 서울 노원구 덕릉로 127길 25 상가동 2층 204-384호
전화 / 02)774-5600
팩스 / 02)720-7500
메일 / malbut1 @naver.com
ISBN 979-11-88286-38-6 03810

www.malbut.co.kr

하림시인선 11

아내가 웃는다

김동우 시인

어느 꽃의 시인, 그 작가의 말

시, 나는 왜 시를 쓰기 시작했을까
쓰고 있는가
그걸 그걸요 처음부터네
알 수가 없다 없어요
꽃이 좋아서요 쓰는 것은 맞는데요
실지로는 그게요 글쎄 다 꽃이어라 저 그 꽃이더라
힘들어도 참고들 쓰고 있는 그 꽃일세 꽃이더라
그저네요 웃고들이면 좋겠다
누군가에게 치유의 힘이 되는 그런 꽃
그 꽃이면 더욱 좋겠다 좋겠습니다
늘 이른 새벽에 일어나 그런 마음일세
행복한 믿음일세 저 예쁜 꽃이더라
꽃일세 수많은 생각들이 나를 보고는 그러더라
웃고들 피는 그 꽃 저 꽃들을 보라고 하시네요
예쁜 꽃으로 피어서는 웃고들 그립다 그러더라
사는 것이 뭐 별거 있나요 꽃으로요
저 기쁘게들 살아가면 되는 거야
어느 시인의 마음속에 있는 예쁜 꽃이다
꽃일세 꽃이더라 그 꽃이 그런다 그러더라

저 누군지만 안다는 그 꽃이 그렇다 그래요?
어디서든지요 그 꽃을 보고는 웃고 있다
나는 그 나는요 왜 시를 쓰기 시작했을까 쓰고 있는가
그걸요 지금도요 물어도요 대답이 없는 그 질문요
스스로에게요 부끄럽지는 않게
평생을 물어야 할 듯싶다
그 꽃의 시인 김동우
그 꽃들의 시인 김동우 안드레아
눈에 띄는 것들이요 모두가 꽃이라네
누가요 아니라고 해도 쓸모가 없다
이제는요 다들이지 그 시인의 고집스러운
건강만을 위한 마음들일세 그 시인이요
너무 갑작스러운 죽음이면 그 문제가 많네요
그 수많은 사람이 좋아하는 꽃들이 웃고들 갈 곳이
갈 데가 없다고 하네요
그 마음이 가슴 속이 아프다는 그 꽃의 시인
상처가 난 수많은 사람들의 마음을 비우고 다시
그 사람들의 마음 속을요 꽃으로 채워주세요 그게
그 수많은 사람들 모두가 즐겁게들
웃고들 사는 일이래요
그 꽃의 시인 김동우 꽃들의 시인 김동우 안드레아

그 시인 그만이 할 수 있는 일이랍니다 마음들을 누구든
다 비우시게 비우고들요 다시금 웃고들 있는 그 꽃이
되어들 보세 언제든 말이어라 늘일세 늘이지요
꽃님네들이 반겨주는 그 들꽃 세상이더라 행복한
그 꽃들의 마음들이 그 미소가요
저 하늘을 보네요 보네요
누군가의 마음 속에 있는 예쁜 꽃
그 나의 사랑이소서
소망이소서
믿음이소서
그 누군가에게요 치유가 되는 그 꽃 저꽃들요
그 그들에게들요
상처를 어루만지는 그
해맑은 치유의 미소가 되어 주소서
저 하늘엔 영광일세 그 누군가의 사랑하는 마음엔
사랑일세 사랑
우리들 사는 모두에게는
평화롭게들일세
늘 어디서든요 웃고들 있는 그 꽃일세 꽃이더라 그 꽃
꽃 꽃의 시인 김동우
꽃들의 시인 김동우 안드레아

그 가슴 속에 있는 아픔인 꽃 그 꽃들요 허어 어

웃네요 웃네요
꽃이라 웃네요 그 꽃의 시인도 꽃이어서 웃네요
웃네

● PS
♪
내 첫 손자가 출생하는 그 9월이다
그 태어남 새 생명의 탄생
축복의 기념으로
꽃의 시인 김동우 안드레아가
9월의 그 꽃을 보고는 새로운 시집을
다섯 번째 시집을 내고 있다
그 9월에요 웃고들인 그 꽃 꽃
돌아오는 9월에요
그 꽃을 그 시집의 지면으로 뵙겠습니다

2023년 9월
꽃들의 시인 김동우 안드레아

차례

1부　그날 이후 그 아무것도 바뀌지 않았다

불면 / 15

다들 하고 싶은 그거 / 16

짜장면 먹고 갈래? / 17

탓 / 18

들어볼래? / 19

그리움 / 20

그날 이후 그 아무것도 바뀌지 않았다 / 21

철근 빼먹은 아파트 / 23

꿈은 계속됩니다 / 24

사진 판매 / 25

기대하다 / 26

저 하얀 그 비둘기와 사람 생명 무게는 같아 / 27

물 마셔 / 28

아, 행복해 / 29

내 기억 속 그 가장자리에 있는 것 / 30

소주 그 한 잔 기울이고 / 31

저장 / 32

무 / 33

가꿔놓으면 / 34

폭주 / 35

허구한 날 / 37

양파 / 38

가치의 재탄생 / 39

참 재미있다고 생각했어요 / 40

등잔 그 밑이 그 아무리 어두워도 / 41

처음 / 42

희망 / 43

2부   사랑이 이런 건가요

우체통 / 47

사랑이 이런 건가요 / 48

저 길에서 넘어진 자 그 길을 짚고 일어서라 / 49

기침 / 50

애초 그 처음부터 안 되는 건 없다 / 51

가장 낮은 곳에서 희망이 생깁니다 / 52

압축 / 53

갓 태어난 아기가 웃고, 우네요 / 54

슬리퍼 / 55

검색 / 56

꽃으로들 사는 일 / 57

재떨이 / 58

덧칠 / 59

민화 / 60

환자복 / 61

비 / 62

화병 / 63

첨가물 / 64

바쁘다 / 65

만족 / 66

묘하게 / 67

익숙한 풍경 / 68

지나친 학생인권 강조 / 69

은총 / 70

낮은 곳으로 임하소서 / 71

미역 / 72

포장마차 / 73

3부　치유의 꽃

하늘에 별이 있다면 / 77

입 안에서 녹아내린다 / 78

진돗개 / 79

장터 사람들 / 80

자생 / 81

가다랑어포 / 82

가득 / 83

억지로 / 84

숨진 채 / 85

대화 / 86

가위 / 87

잊고 싶어서요 잊고 지내고 싶어서요 / 88

치유의 꽃 / 89

친구야 커피는 내가 쏜다 / 90

이판사판이다 / 91

비상 / 92

처럼 / 93

울어 / 94

꽃 사랑 / 95

숙제 / 96

몸과 마음이 불편한 것은 / 97

카메라 / 98

당신이 보고 싶은 세상 / 99

별 / 100

돌 / 101

핫바 / 102

등목 / 103

4부   길 없는 길

보라 / 107

더 / 108

꽃나무를 파는 사람들 / 109

술 / 110

누룽지 / 111

웃음 / 112

찔레꽃이 필 무렵에 딴 찻잎이 맛이 좋대요 / 113

소금 / 114

갓난아기가 첫걸음을 했다 / 115

길 없는 길 / 116

무슨 시간인가 물어봤더니 / 117

다들 하고 싶은 그거 / 118

또라이들 / 119

김치 그 김치의 또 다른 이름 / 120

묵은지 / 121

소머리국밥 / 122

가서 너도 그렇게 하여라 / 123

진흙탕에 뒹구는 수박 / 124

새 / 125

취해서 / 126

발등 두 쪽 다 마비 / 127

아내가 웃는다 / 128

배를 3, 4십 센티 가르고도 죽지는 않았다 / 130

유능제강(柔能制剛) / 131

돌 / 132

어떤 그리움 / 133

시 / 142

〈해설〉 / 143

1부

그날 이후 그 아무것도 바뀌지 않았다

불면

뭐해 담배 펴
그래 담배 펴
그 담배 펴요가
발음은 같아도요
뭐해 그래의 두 마음이 서로 다르다
지금 새벽 2시일세
아내는 그러다가 들어갔고
거실엔 담배 연기 자욱 다 꽃인데요
내 마음은 그렇지가 않네요
날 밤을 새고 있는 그 고통
그 담배 연기 자욱 주변에요
하얗게 떠다니는 꽃투성이여도
아이고 그것 참
글쎄다
나는 그 꽃이 아닐세
그 꽃 그 꽃 말이어라
그 꽃이 그렇네요 어허 글쎄다
뭐해 담배 펴
그래 담배 펴
담배 펴

다들 하고 싶은 그거

보고 싶을 때
보여주고 싶을 때
누구든 예쁜 꽃
그 꽃으로 피는 일이다
그
다들 하고 싶은 그거
그 다들 하고 싶은 그거가
그렇네요
지금
그 지금 늘 어디서인가 꽃일세 꽃이더라 그 꽃 저 예쁜
그
꽃

짜장면 먹고 갈래?

중국집에서 무심코 했던 그 짜장면 먹고 갈래?
그 한 말씀이 사랑으로 결혼까지 할 줄은 몰랐다
그 짜장면 먹고 갈래?
저 그 누군가에게는
지금도요 꽃으로 보이는 것 같다
사랑하는 그 마음이 그렇다
웃고들 먹게 되는 꽃일세
검은빛이 돋보이는
저 속내가 검은 그 짜장면 속에서
웃고 핀 아름답다는 그
저
꽃

탓

누구 탓 그 탓 대개는 자세히 알고서들 보면 꽃이던데도
그 탓 활용할 생각은 않고 불편한 마음들만 드러내고 있네
실지로는 누가 봐도 그 탓 그거요 그거 꽃일세 꽃이네요
그 탓
나중에 후회들 하며 보게 될
그 꽃이어라 꽃이다 그 꽃들이요
그 탓 덕분에요 그 누군가의
겸손한 마음 속에서는요
숨어서 웃고들 피는 꽃일세
그 꽃
사랑과 배려로 피는 겸손한 그 마음 속의 저 예쁜
그
꽃

들어볼래?

들어는 봤는지요
누군가가 사랑한다는 그 말
예쁜 꽃으로들 보이는 그 말들요
그
들어볼래?
글쎄다
누가요 나를요
꽃으로들 보며 하는
그 말일세 말이더라 꽃 같은 그 말
내가 꽃이 아닌데도 그래요
지금도 그러네요
그 꽃
그 들어볼래?
아이고 늘 어디서든
꽃일세 꽃이더라 그 꽃
언제든지
귀를 열어놓고 듣게 되는 사랑의 변주곡 속에 핀 어여쁜 그
저 꽃들

그리움

초침 소리 분침 소리 시침 소리
그거 다 기다림일세
그 그리움
빗소리 비 님이 오시는 소리에요
다들 어딘가에서네 꽃으로들 피어 웃네요
누군가 보고 싶다는 저 예쁜 그 꽃
저 누구든 그립다네요
눈에 선한 내 마음속에 숨어서 핀 저
그
꽃

그날 이후 그 아무것도 바뀌지 않았다

그 아무것도 전혀 바뀌지 않은 것
그것이요 글쎄다 꽃
예쁘게들 웃고들 피어 있는 꽃이어서 그렇다 그렇더라
늘 기분이 좋은 날이면
저절로 보이는 그 꽃
그 꽃들 사랑이 그렇네요
어디서든지 보게 되는 저
그 이쁜 꽃이어라 꽃
아이고 그 지금도네요

그날 이후 그 아무것도 바뀌지 않았다
저 사랑하는 믿음을 가진
소망들 하고 있는 그 마음들이 그럽디다
그래요 글쎄
그 어딘가에서 웃고들 있네요
웃고 있네 늘일세
저 다양한 빨주노초파난보
보라보라 보라는 그 꽃이더라
늘일세 늘
지금도요 그렇다네
다 한결같아 변함없이 다 그 이쁜
저
꽃
들

철근 빼먹은 아파트

그 철근 빠진 그 아파트가요
앙꼬가 없는 찐빵과 다름이 아닐세
아파트든 그 찐빵 제대로 된 모습들보다는
사람들의 욕심들이 앞서서 그렇네요
싹이 트고서 꽃이 피어야 하는데도
글쎄다 저 부실한 꽃이 먼저라고들 해
그런 일들이 아무런 책임감 없이들 벌어지네
죄책감 없이도 태연하게들 그럴세
그 철근 빼먹은 아파트
모두에게 공포스러운 일일세 일
그 일 절대로 꽃은 아닐세 아니다
불안하게들 보고 있는 저 부실 공사 현장에 핀 그 꽃
불안한 마음으로 조간신문에 난 부실하게 웃고들 피어
있는 그 너절한 기사를 보네요
내 마음속에서도 모두의 여러 다양한 마음들 가운데서도
편하지 않네요
저 불안 불안들 하게 보이는 철근 빼먹은 아파트 공사 현
장의
그
꽃

꿈은 계속됩니다

그 꿈은 언제이고요
늘일세 계속됩니다
그 때처럼 지금도 어디서나요 늘일세
꽃이어 예쁜 꽃 그 꽃이어서 그렇다
그 꿈은 계속됩니다
어젯밤
잠결에 봤던
그 꿈속에서 핀
웃고들 있었던 예쁜 그 꽃
그 꽃들요
지금도 그럴세
다들요
마음속에 숨어서들
웃고 핀 저
그
꽃

사진 판매

사진 판매
그 사진 한 컷들 판매
그 누군가가 추억을 팔고 있다
그거 그 누구의 지난날의 웃음꽃일세
그 사진 속에 웃고들 있는 모습이 그렇네요
웃고들 보게 되는
그 사진 판매
어디서 보든지요
꽃이어서 그렇다네
그냥 어디서
본 듯한 느낌이네요
그 예쁜
저 빛바랜 사진 속의 흐릿해 보이는 저
그
꽃

기대하다

예쁘게들 핀 꽃들이 웃고들 있어요
그 기대
내게요
기대해도 된다고 하네요
그 기대가 꽃이라고 하며
그것도 아주 보기 드문
예쁜 꽃이라고 해요
저 어젯밤 꿈속에서 본 그 꽃
그 희망일세
그 꿈에서 본
그
꽃

저 하얀 그 비둘기와 사람 생명 무게는 같아

그거요 그거
평화로운 마음들이 그렇네요
저 하늘을 나는
흰 비둘기 그 하얀
날갯짓에는 우리네가 바라는
평화로움이 담겨 있네요
누가 그렇게 말들을 하네요
저기서요 지금
푸드득 푸드득 저 하늘을 날고 있는
그 하얀 저
그
꽃

물 마셔

이른 새벽에 마시는
그 냉수 한 잔
보약일세
몸에 좋은 보약
그 보약
물 마셔
그 누가 봐도
꽃일세 꽃이더라
그 꽃
늘 마음까지도 속 시원하게 하더이다
웃고 있는 저
그
꽃

아, 행복해

그 행복 그거요
그거 꽃이다 꽃일세
꽃이더라 꽃
아,
행복해
행복하게 꽃으로들 사는 일 누구한테도네요
꽃일세 꽃
그 웃고들인 그 꽃
그 꽃 아, 행복해 지금도요
그 행복해

내 기억 속 그 가장자리에 있는 것

그 기억 속 그거가 꽃으로들 보이는가
그렇다고 합디다
그
꽃
술 소주
그 한잔이면 족하다
내가 지금 그렇다
그러네요 글쎄 다
웃고들 마음속에 있는
그것을 보게 되는 그 꽃
그 꽃 누군가의 꽃이더라 꽃
웃는
꽃

소주 그 한 잔 기울이고

늘 그 쓴 소주
그 한 잔 달게 기울이고
그렇게들만 살면요
꽃으로들 사는 일일세 그 일
늘 지금도 그러면 좋네요
웃고들 마시는 그 소주 한 잔
그 어디서든지
누군가의 마음속에 핀
예쁜 꽃이더라 꽃
내게도 그렇더라
그렇네요
지금도요 보고 싶네요
그 소주 한 잔 기울이고 보는 저 이쁜
그
꽃

저장

그 저장이 조선간장 된장 고추장도
아닌 것 같은데도
무엇을 그 무언가를
항아리나 그런 곳에 숨겨서들 담네
누군가의 후일에 먹을 꽃일세
그 꽃이어라 숨겨진 그 꽃
나중에는 그 누구한테도 꽃이다 꽃
예쁘게들 먹는 꽃
그 저장
그 저장
숨어서도 아주 예쁘게들 핀
저 이쁜 그 꽃이다 꽃
꼭꼭 숨겨진 숨어 있는
그 맛이 있다는 저
그
꽃

무

아무것도 없는 것처럼 보이는 그 무

그 무 하얀 맛일세

그 맛 무미건조할 것 같은데도

시원한 아주 시원시원한 맛

그런 맛을 내더이다

저기서요

웃고들 있는

저 꽃 그 꽃이 그래요

늘 어디서든

훤하게 웃는 저

그 맛에 산다는 예쁘게 들인 그 꽃

하얗게 핀 저 그 무맛일세

글쎄다 글쎄

그 하얀 꽃

가꿔놓으면

뭐든 잘들 가꾸고들 하면
대개는 꽃이네요 꽃
웃고들 있는 저 예쁜 꽃
그런 꽃
꽃
웃고들 늘 웃는
그 웃음이 이쁜
다양한 색색의 찬란한
저
꽃

폭주

술을 마실세 단 한 번에들
그렇게 많이 들여 마시는
그 폭주
어딘가에 가기 위해서
빨리들 달리는 것인지는
모르겠지만
저 꽃은 아니다
단 한 번에 들이켜 마시는
그 꽃 말이어라

그 폭주
누군가의
가슴 속에요
가만히 조용하게들
숨어서 핀 그 가슴이
아픈 그 꽃일세 그 꽃
늘 슬픔으로 대하게 되는 하얗게 핀 눈물로 보이는 그
흰 꽃일세
그 폭주가 말이어라
그 하얗게들 웃고 있는
마음이 아픈 저
흰 꽃

허구한 날

누군가의 그 허구한 날
그날의 만평
또 나냐 너냐…
글쎄다
글쎄일세
또 나냐 너냐가 말이지
예쁜 꽃은 아닐세
아니다
저 아무한테도
그 돌보는 이 없는
엉망인 그
저
꽃

양파

그 양파가
꽃으로 살기 위해서는
잘 벗겨져야 한다
양파
우리가 먹는
그 양파가
맛으로들 먹네
초장에 찍어 먹는 법도 있어요
하얗게 드러나는
그 속살이
저 꽃이다
지금

가치의 재탄생

쓰임을 다하고 버려진 것들 가운데
그 무언가 다시 재활용되고자 할 때
새롭게 부활하는 꽃이어라 꽃
그렇게들 그 꽃
그 가치의 재탄생
참말로 거시기네
그거 그게 누군가 봐도
보기만 좋네
버려진 것들 속에서
다시금 예쁘게들 핀 저
웃음꽃

참 재미있다고 생각했어요

꽃으로 살아가는 그 일이
참 재미있다고 생각했어요
아무것도 모르고서 그랬어요
참 재미있다는 그 생각들
글쎄다 글쎄요
그래도 된다고 생각했어요
지금도 그래요
그것 참
허허 참 별일이네요
웃고들 피는
그 재미로 보는 저 예쁜
그
꽃

등잔 그 밑이 그 아무리 어두워도

그 등잔 그 등잔 그 밑이
그 아무리 어두워도
그 바로 등잔 밑에 예쁜 꽃
꽃들이 있는 것을 모르고
어두운 곳에서 웃고들 살았다
그 등잔 아래요
이제는 거기에 있는 꽃
그 꽃들 우리와 함께일세
다 함께
저 웃고 있는 것이 어여쁜
그 소박한 저
그
꽃

처음

그 처음
그 처음인 곳에 핀 예쁜 꽃
꽃들 지금도요 처음일세
어딘가에 아름답게들 글쎄다
웃고들 핀 어여쁜 그 꽃들
지금도네요
지금도요
그 처음
밤하늘에 별이어라
은하수 건너에 있는 저 별
그 별이어라
늘 희망으로들 빛이 나는 그 별이어라
반짝반짝 빛나는 그
저
꽃

희망

희망 그 희망은 구워서 파는 붕어빵이 아니다 아니더라
저 구워파는 그 호떡도 아닐세 아니다 그래서요 지글지글
빈대떡 그 빈대떡들요 그 말고도 김치전에 퇴근길 그 소주
한 잔 그 한 잔들 마시고 있다
그 희망
붕어빵이나 호떡처럼
다 똑같은 것이 없네요
저 재래시장 주막에서요
모락모락 오손도손 피는 그 꽃이
몸과 마음의 피로를 달래주더이다
그 소주 한 잔들
누군가와 쓸쓸한 사람들과요
함께들 마시게 마셔요 글쎄여라
그게 우리네 없는 사람들이 사는
그 즐거운 낙일세 낙이려니 하네요
글쎄다
저 재래시장에서 웃고들 예쁘게들 핀 그 웃음꽃
그
꽃

2부
사랑이 이런 건가요

우체통

그 우체통 소망 우체통
희망이 꽃으로들 피려고 그 우체통
그 안에 숨어 있다
그 우체통
그 누군가에게는
기다림의 미학 꽃이어라
그 꽃
누군가가 지금요
사랑을 기다리고 있어요
그 사랑 예쁜 그
저
꽃

사랑이 이런 건가요

그 사랑
가슴이 떨려 오네요
떨려서요
그 사랑
꽃일세
꽃이더라
그 꽃
나만의 사랑일세
사랑 저 예쁜
그
꽃

저 길에서 넘어진 자 그 길을 짚고 일어서라

길에서 일어서는 그것이
꽃으로 사는 일이더라
일일세
그 꽃 누군가의 희망일세
꽃으로 살아가는 그 희망일세
저
웃고들 부는 바람꽃이어라
꿈 속에서 봤던 저
그
꽃

기침

그 기침 어떤 기침이든지요
재채기든 마른 기침이든지
이른 그 새벽을 여는 일이다
그 기침
그 이른 새벽에요
누군가의 카톡창에서도 그렇네요
카톡카톡 목이 메이게요 그러고들일세
그 카톡 다들요 바쁘게 재채기들 하며 그렇네요
내게도 누가 나를 깨우고 있어요
지금은요
그 지금
그 시끄러운 카톡이요
조금은 시끄럽기는 해도 저 이쁜
그 꽃이여

애초 그 처음부터 안 되는 건 없다

선택
그 처음 선택된 그것이요
꽃이어 그렇네 꽃
선택된 그 꽃 그 꽃들요
사랑이더라
소망이더라
믿음일세
그 애초 처음부터 안 되는 건 없다는
그 꽃이 그렇다
너무나 아름다워
보고만 있어도
행복하게 느껴지는
그 꽃
우리 모두의 바램일세
바라는 일일세
웃고들 핀 저 이쁜
그
꽃

가장 낮은 곳에서 희망이 생깁니다

그 꽃
이쁘게
이쁘게
그 낮은 곳에서
희망이 생깁니다
그
꽃

압축

압축 그 압축 무언가가요 수많은 것들 중에서네
몇 안 되게 줄어들었다
그 많은 것들 다 꽃이지만
그것들 가운데 줄어든 몇 안되는 그것들
그것 가운데서도 하나는 유난히
빛이 나는 꽃일세 꽃이더라 꽃
그 꽃
압축된 가운데서 선택된 그 하나의 꽃 우리 모두의 자랑
스런 꽃일세
꽃이어라 보고만 있어도 기분이 좋은 그런 꽃이네요
우아하기도 하지만요
저 바람에 날려 보기가 더 좋은 저 예쁜 아름다운
그
꽃

갓 태어난 아기가 웃고, 우네요

나의 소중한
손주 아이
그 아이가 웃네요 우네
어디서 보든 보고만 있어도
누군들 기분들이 좋아요 좋아요
다들이지 그렇다고 합디다 해요
그 갓 태어난 아기가 누군가의 손자일세
꽃으로 울고 웃고 핀 손주일세 손주 말이어라
시인의 꽃 같은 그 시가 따로 필요가 없다
아기가 웃는 우는 것만 봐도
하루가 즐겁게 지나가네요
할배 할미가 바라보는 그 손주 녀석
손자의 조그만 고추 하나가요
가족들 모두에게 웃음꽃일세 웃는 꽃
그 꽃일세 그 꽃이어라
암만 봐도 그렇다
그
갓 태어난 아기가 웃네요 또는 우네 꽃일세 꽃이더라 꽃 그
웃음꽃

슬리퍼

내가
신고 있는
그 슬리퍼 꽃일세 꽃이더라 꽃
나 말고도 그럴세 슬리퍼에 피어 있는 그 꽃
종일 우리네 무거운 몸을 지탱하고서도요
늘 겸손한 모습으로들 있네요
인상들 쓰는 일들 없이 웃고서
어디서든 가지런히 말일세
그 슬리퍼
나든 누구한테든
꽃일세 꽃이어라 꽃이더라 꽃
저 어느 바닥에서든 웃고들 겸손하게 핀 아름다운 저
그
꽃

검색

어딜 찾아봐도요 그 검색 그런 색은 없다
빨주노초파남보 보라보라
그 보라는 빛들 말고도
흰색 하얀색 회색 검은색 검정색이 있기는 한데
그 검색
그런 색은 없다
그 검색은 어디에도
없다고들 하더이다
누군가의 눈에는 띄지 않는
그 검색 분명 그 어딘가에는요
존재할 것 같은데 참말로
그렇게 어렵게들 수수께끼일세
저 어디서인가 숨어서들 웃고들 있을
궁금해 보이는 저
그
꽃

꽃으로들 사는 일

그 꽃이 되어 살아가는 일
그 일이요 대개는 다
꿈이어라 꿈
그 꿈을 실현시키려고
노력들 하다가 가는 그런 꿈
그 꿈일세 꿈
그 꽃으로들 사는 일
힘들게 핀
저 꽃 그 꽃들이
그러하이
길가에 어딘가 숨어
웃고들 핀 저
들꽃

재떨이

　담배꽁초들이 재떨이 그 안에 무질서하게들 누워 생각이
많다
　하얗게 꽃으로 날려버린 지난 시간들 말이어라
　이제는 이 재떨이 안에서도 떠나야 될 때가 되었다고 하
면서 그러고 있네
　우리네 사는 것도 그렇네요
　한때는 꽃이었다가 예쁜 꽃이었다가
　시들시들 시들해지면 아무도 돌보는 이 없으면
　잠시 어딘가에 있을 쉴 곳을 찾아 헤메다가
　저승으로 가더이다
　담배꽁초
　재떨이 안에 있는
　한때는 꽃을 하얗게 하얀 꽃을 피었던
　그 담배꽁초
　다름이 아닌 바로 우리네 삶일세 누워 있는 재떨이 안
　그
　꽃

덧칠

저 그 덧칠
웃고들 예쁜 색을 덕지덕지 덧칠을 한다고 해서 저
그 이쁘다는 꽃은 아니더라
그 꽃 무슨 색을 덧칠을 하든요
그렇네요
그 덧칠
누군가의 마음에들요
덕지덕지가 아니었으면
좋겠다 좋겠습니다
무언가를 덧칠들 한다고요
꽃은 아니어서 그럴세
저 꽃
길가에 덕지덕지 웃고들 볼품 없이들 핀 저
그
꽃들

민화

그 옛날 아니 지금도여라
민화
이름도 잘 알려지지 않은 서생이 남긴
그 서민적인 그림들요
호랑이 담배 먹던 그 모습 등등이
곰 같은 소리이긴 해도 누가 봐도 그럴세
소박하게 살아가는 사람들의
그 아름다운 마음들이 담겨 있네요
가난하고 우직하게는 살아도네요
순수한 서민들의 평화로운 풍경을요
바라다보고 있는 그런 느낌이더라
그런 느낌 마음일세
지금도 늘 그럴세
어디든
민가에 말없이 전해지는 아름답다는 저 이쁜
그
꽃

환자복

저 그 환자복 그걸 입혀놓으면요
멀쩡한 사람도 환자 같고
그 환자복을 벗으면요 그 환자는 아닐세
그 환자복
누가 봐도요
병원의 꽃은 아닐세
예쁜 꽃은 더욱 아니더라
그 꽃들
누군가의 아픔으로 핀 꽃일세 고통스런 저
흰 꽃

비

비
누군가의 슬픈 눈물로도 보이는 그 비
그 비님 오시는 길이 사랑이었으면 좋겠다
슬프다는 고통의 눈물이 아닌 저 예쁜 사랑이면 좋겠다
그 비님 가실 때에는요
더욱 그
비님 가시는 웃고 가시는 그 길에요
해님도 벙긋 웃네요
길가에 무심코 웃고들 핀
들꽃들이 함께들 웃네요 웃어
그거 무한한 하느님 은총 사랑일세 꽃으로 피어 웃고 있는
그 사랑일세
사랑일세 사랑 마음 속에 핀
그
꽃

화병

그 화병에 담긴 것 예쁜 꽃인데요
마음에 잘못 담으면 화근이 되네
그거요 마음의 병일세
몸으로 전해지는 그런 아픔일세
저 화병에 있는 그 꽃
누구든 어딘가에
담기 나름일세
누군가에게는 사랑하는 꽃이고
잘못 담으면요
다른 누구에게는 아픔인 고통일세
그 화병
그 화병에 있는 예쁜 꽃
우리 모두의 마음속 어디에 담겨도
늘 웃고 있는 그 예쁜 꽃이었으면 좋겠습니다
어디서나 늘
웃고들 있는 저 예쁘게 생긴 화병에 담긴 저
그
꽃

첨가물

그 첨가물 어디서든 꽃이다
육수가 아니어도 괜찮고 맹물로도 괜찮다
그 첨가물
그 물 그물 그물망을 안 쳐도 괜찮네요
어딘가에서 맛을 내고 있는 그 첨가물
누군가에게는 꽃이더라 꽃
맛을 내고 있는 저 묘하게 웃고 있는 그
저
꽃

바쁘다

그거 핑곗거리로는 좋네
꽃이다 꽃이더라
그 핑계
바쁘다
웃기고들 있네
수많은 꽃들이 웃네요
니만 바뻐
빨리들 가시게
그 곳이 저승길일세
바빠서 웃고들 핀 그 꽃
그 저승길 아무도 안 가네요
바쁘다 바뻐
그렇게들 사시게
그 핑계로들 핀 바쁘다는
그
꽃

만족

적어도 만 번은 걸어야 한다는 그 만족이요
누군가에게는 꽃으로들 사는 일이어도요
그 꽃들 사는 일
내게는 아니다 아니더라
한 발 뛰기도 힘이 드는데
거참 만 발걸음을 하라니
기가 막히게요 말이나 되는
소리인가 생각해 보세
그 만족
내게는요
어찌 봐도요
꽃은 아니다
꽃으로 사는 것도 그렇네요
예쁜 꽃은 아닐세
그 만족
글쎄
웃고들 흐드러지게 핀 그 꽃 난 싫네요 힘들어서 저
그
꽃

묘하게

누군가
그 묘하게 죽어 있는 것들이 웃네요
누구 묘인지는 모르겠지만 묘하게 웃네요
살아서도 그랬는지는 모르겠지만 묘하게 웃네요
어느 묘든
그 묘하게
수많은 사연들이
있다고 하더이다
산중에 꽃으로들 피어
누워서요
묘하긴 해도 웃고들 핀 하얀
그
꽃

익숙한 풍경

펑퐁
오고가며 반복되는 그 익숙한 풍경
애꿎은
누군가가요
길가에 죽어 있다
들국화 여러 송이가요
우중에도 웃고들 피어 눈물일세
피눈물을 흘리고 있네요
지금 신문 한 구석에는요
보지 말아야 할 잔인한 것들이
꽃으로들 피어 있네요
국화꽃 하얗게들 그것처럼
애도하는 모습이 아닐세
그 꽃 말이어라
그래서 말인데요
슬프게는 보여도요
저 그 익숙한 풍경 세상 사는 것이 꽃이면 좋겠다
저 이쁜 국화꽃

지나친 학생인권 강조

아이들 생각한다고 한 쪽만 지나치게 강조하더니
교권이 사라졌네 교사들 설 자리가 없어진 것일세
그러다가 보니 사생활 자유가 너무 지나쳐서 말일세
교사 폭행 등 그런 일이 비일비재여도 묵인들 하고
어느 누구든 못 본 척들 하며 사는 세상이 되었네요
말도 못할 정도로 비일비재인 그 세상이 되었네요
그걸 참다못해 극단적인 선택을 한 한 교사
25살 어린 나이에 교사생활 내내 극단적인 선택을
하기까지 그 속 마음이 어땠을까 가슴이 아플세다
지금 우중 거센 장맛비가 그 아픈 슬픔을 덮고 있다
분양소를 찾는 애도의 발길 빗길 속에서도요 하얀
국화꽃 즐비하게들요 눈물이어라 슬픈 눈물일세다
못다 핀 영혼에게 마음을 전하는 저 국화꽃 한 송이
이 또한 하얀 하얗게들 꽃으로들 핀 슬픔일세
지금 밖에는 거센
장맛비가 주룩주룩 저 슬픔을 덮고 있네
눈물로
하
얗
게

은총

은혜로운 마음이 하늘에 별일세 별이더라
그 별
누군가의
은총 내게도
별이다 별
꽃보다도요 더 귀한 별 그 꽃
웃는 꽃

낮은 곳으로 임하소서

당신들의 천국
그 꽃 낮은 곳으로 임하소서 그 꽃
소설가 이청준의 꽃일세 꽃이더라
그 낮은 곳으로 임하소서 어딘가에 있을
수많은 사람들의 사랑일세 사랑
어디서든 피는 그 꽃
낮은 곳으로 임하소서
사랑

미역

그 미역
그 옛날 고려인들은
고래가 상처를 입고
미역을 먹고서 상처가 아문 것을 보고는
산모에게 미역국을 먹게 해주었다
그 미역 지금도요
산후조리에 좋아요
꽃으로들 그럴세
그러네요
밥상에 핀 그 꽃
국물이 뽀얀 그 미역국
그
꽃

포장마차

저 그 포장마차 바퀴가 있는데도 굴러가지는 않네요
글쎄다 글쎄 오뎅 국물에 소주 한 잔들 제격일세다
그 포장마차
그 누군가
퇴근길의 추억이다
어둠 속을 밝히고 있는 그 꽃이어라
허허 웃고들
허심탄회하게 누군가와 소주 그
한잔이 취하기를
바라면서요
글쎄 꽃으로들 마시고 있네요
맑은 그 처음처럼 참이슬

3부
치유의 꽃

하늘에 별이 있다면

저 어두운 그 하늘에 별이 있다면
땅에는 꽃이 있네요
예쁜 꽃들이 빛을 내고네
마음속에도 있다는 그 꽃
저 예쁘게들 웃고 핀
사랑하는 사람들의 아름다운
그
꽃

입 안에서 녹아내린다

그 입 안에서 녹아내리는 그것이
사랑이었으면 좋겠다
누군가의 사랑하는 마음이 그렇다
꽃으로들 그럴세다
사르르
사르르
배가 아파서 나는 소리가 아니라
꽃 그 꽃
이쁜 맛이
입 안에 있어서
그렇네요
사르르 사르르들 녹아내리는
입 안의 이쁜
그
꽃

진돗개

우리나라
진도의 명견 그 진돗개
사람들 말을 잘 들네요
그 진돗개가 그럴세
어디서든 든든한 버팀목이 되어주네요
요즘은 흔하게는 볼 수가 없는 꽃이어라
꽃 진돗개 그 견공이 그럴세
저 꽃이더라
그
꽃
진돗개

장터 사람들

장터
그 장터 사람들
재래시장에 물건을 사러 갔다가
그 장터 사람들을 만났다
물건을 사고서는 웃고들일세
덤으로 주고받는 그 웃음이 꽃이다 꽃
시장 사람들의 살아가는 방법일세
저 귀퉁이 어딘가에 핀 꽃일세
모두가 웃고들 보게 되는
저 미소가 아름다운
그
꽃

자생

자생
지네들이 스스로 알아서 살아가는 것
그 자생
그 누군가의 꽃일세
꽃이더라
그 꽃 말이어라
그 자생
살고 싶은
그 의지가 강한
꽃일세
꽃이더라 꽃
웃고들 피는 그 꽃
스스로가 웃음일세
기쁘게

가다랑어포

가다랑어포든
뭐든
맛이 있으면 안 되네요
잔인한 사람들의 놀잇감
그 대상이 되더라고요
국물 맛을 내는 그것들이 그렇다
우동 맛 그 국물 맛을 내고 있는 그 꽃
가다랑어포
누군가의 꽃이더라
국물맛에 핀 맛있는 저
그
꽃

가득

그 가득
꽃향기 가득하게들
슬픔일세 슬프다고 하네
가득한 눈물을 담고서 그러더라
하얀 국화꽃 향기가 가득하다
누군가의 하염없는 슬픔이
마음을 아프게 하더이다
가득
가득
어느 장례식장에 슬픔인 그 꽃
마음들이 아플세
하얀 그
국화꽃

억지로

84

종로

을지로

퇴계로 등등

우리가 생각하는

길거리가 아닌데도요

저 억지로

그 곳에 꽃이 피어 있다

웃고들 있는 그 꽃

누군가의 억척 같은 사랑일세

그 억지로

누군가는 그 누군가는 웃고들 보네요

저 예쁜

그

꽃

숨진 채

장례식장
영전사진 앞에
하얀 국화꽃 여러 송이 누워 있네
죽어 있는 사람 곁에서 함께 누워 있네
슬픔 가득히 눈물일세
하염없이 내리는 눈물
그 눈물 꽃일세 꽃이더라
슬픈 꽃
그 숨진 채
그 누군가의
말할 수 없었던
절망이 꽃으로 피어 누워 있네
국화꽃 향기
짙게

대화

대화
그거 상대가 있는 꽃이다
꽃
대화
웃고들 보게 되는
그 꽃이어라
그
꽃

가위

그 가위
뭔가를 자르고 기분이 좋다
보자기 힘들다는데 그럴세
인정사정이 없다
꽃은 아닐세
아니다
아닌 것 같다
그 가위
주먹 앞에서는
꼼짝도 못하고 있다
그 저 꽃이 아니어 그렇다
그
꽃

잊고 싶어서요 잊고 지내고 싶어서요

그래서 웃고들 사는 것이 힘들세
잊는다고 잊혀지지 않으니까 그래요
오래된 사진첩 속의 그 꽃
그 누군가가 보고 싶을 때마다
슬쩍슬쩍 꺼내 보네요
누가 볼까 몰래
나만의 꽃이여 꽃
그
꽃

치유의 꽃

꽃
예쁜 꽃
내 시집이
그 치유의 꽃이었으면 좋겠습니다
사랑하는 마음으로
소망하는 그 마음으로
믿음을 가지고서요
그랬으면 좋겠습니다
그 치유의 꽃
저 어디서든지
그랬으면 좋겠습니다
누군가 봐도요
웃고들 피는 꽃
그런 꽃이었으면 좋겠습니다
그
꽃

친구야 커피는 내가 쏜다

그 쏘는 커피
말을 하고 싶어서
대화를 하고 싶어서
그렇다네요
그 커피 한 잔에 피는 꽃
예쁜 꽃이더라 꽃
웃는 꽃

친구야 커피는 내가 쏜다

이판사판이다

그 이판사판
두 판 네 판이다
그렇다고 그 판 모두가
꽃은 아니다
아니더라
그 판에 핀 꽃들이 그렇네요
힘내세요 힘
어느 판에서든
꽃으로들 살고 싶으면
그래야 된답니다
그 꽃들요
웃고들 있는 저 힘들다는
그
꽃

비상

비상
날아가는 그 새들의 하얀 날갯짓이 하늘의 문을 연다
그 하늘의 마음도 여네
비상 그 비상
누군가에게는 날개여라 날개
저 높은 하늘을 나는 그 날개다
저 하늘 높은 곳에 있는 꽃이다 꽃
나도 날고는 싶네요
그 꽃처럼
저
꽃
이

처럼

처럼 누구처럼 그처럼
늘 부러워하는 것투성일세
꽃이고들 싶어 그런다고 하네요
그처럼
나처럼
처음처럼
소주 한잔하세
아침이슬 그 한잔 이른 새벽에는 꽃일세
웃고 있는 그
저
꽃

울어

울어 늘 혼자서 울어
누가 내가 꽃이 아니래
밉상이어 그렇다고 하네
어쩌면 좋노 어찌하면 좋노
운다고 해결되는 것은 아닌 것 같은데
누군가가 내 이런 마음을 알아줬으면 좋겠다
저기서요
홀로 핀 그 꽃
지금도 울어
우네

꽃 사랑

너 이쁘구나
꽃 사랑
그 꽃 사랑
참 너 이쁘구나 이뻐
사랑스럽네요
그
꽃

숙제

그 숙제 내일까지 해야 한다고 하네
내일은 학교를 가질 않기로 결정했다
그것도 숙제다
어찌하면 좋노 꽃으로 피기는 글렀다
그냥 숙제고 뭐고
웃자

몸과 마음이 불편한 것은

그거 그 불편
그 어디서든 꽃으로들 피길 원하는 안간힘일세
힘은 들어도 분명 그 안간힘
꽃으로 필 것일세 그 꽃으로
누군가 보고 있네요
불편한 내 몸과 마음에 핀 꽃
다들 아름답다고 하더이다
그 꽃 희망일세
누군가의 꿈일세
아름답게 핀
그
꽃

카메라

무언가를 카메라
그 카메라에 담네
김치 하나만
입에 물고들 있어도
꽃일세 꽃이더라
저 예쁘게들 포즈를 잡고 있는
저 웃음이 예쁜 그 꽃일세
그
꽃

당신이 보고 싶은 세상

꽃이 좋아지는 나이
저
나만의
꽃은 아닐세
우리 모두의 꽃이더라
그 꽃들요
노년에 웃고들 핀
그
꽃

별

별 그 별
나이가 들어 눈이 어두우니
별 그 별들이 보인다
누군가의 마음을 여는 꽃일세
그 꽃이더라
시와 사색이 있는 그 숲속
시인의 속마음이 그럴세
꽃으로들 보는 그 세상
저 모두가 꽃이다 꽃
별 그 별 하나 떨어져
꽃이더라 꽃일세 저
별난 꽃

돌

저 땅을 파고 또 파봐도 돌 그 돌 천지네
그 돌밭에 씨를 뿌려서 각종 채소를 가꾸고서
꽃이더라 꽃일세
맛있게들 먹는 그 꽃이다
그 꽃
돌 그 사이로 돌 사이에 꽃이 피었다
웃음꽃 그
저
꽃

핫바

그 핫바 누가바는 아닌데도
뜨거운 꽃일세 꽃
누가바 그것처럼 차갑지가 않네요
그 꽃 핫바가요
맛있게들 재래시장의 요기로도 충분하네요
웃고들 먹게 되는 그 꽃들
매운 떡볶이를 포함해 늘 화끈하게요
꽃으로들 그럴세
그 핫바

등목

등목
그 등목 그거 해본 지가 오래다
저기 있는
그 개울가에서 웃고들 피는 꽃일세 꽃
웃통 벗고 물을 끼얹고는 시원한 꽃일세 꽃
지금은 보기가 힘든 그 꽃이더라 꽃
그 등목
자연의 품속에서 느끼는
사랑일세 사랑하는 그 꽃
지금도요 그렇다네
그 꽃
그 꽃들
사랑

4부
길 없는 길

보라

보라 그 보라
보랏빛으로 꽃이 피는 데는
웃고들 스마일
그런 꽃들이 피었습니다
그 보라
보라가
스마일들
저 마냥 웃고들
꽃이더라 꽃
그
꽃

더

더
어디서든 꽃이다
그 덤 한 번만이라도 꽃일세
더 마음속에 덤으로들 피어 있는
재래시장의 흔한 인심들
그
웃음
꽃
조금만 더
그 덤

꽃나무를 파는 사람들

재래시장 한쪽 구석에서요 꽃나무를 파는 사람들
하루 해가 길어도요 마음을 파네요
그 꽃나무를 한 번쯤
심어는 보라고 하네요
누구든 마음 속에는 꽃이라고도 합디다
꽃나무에서 예쁜 꽃들이
한 송이 두 송이들 피는 것을 보고 있으면
모든 마음들이 그럽디다
저 힘들어도
웃고들 핀 꽃나무를 파는
그 사람들의 소중한 마음인
저 웃고들 보게 되는 저
그
꽃

술

어느 가난하고 몸과 마음이 아프다는 꽃의 시인의 하루가
그 술 술이 있어야 산다고 하더이다 술술 많을수록 좋다며
그게 특별하게는 보여도 그 시인이 꽃으로 사는 일이더라
그의 그윽한 마음에서요 여유가 있게 웃고들 보게 되는 꽃
그 꽃님네들의 아름다운 모습이 그렇네요
술
그 술
그 술
그 한 잔에 님을 보네 예쁜 꽃을 보고 있네요
해맑게 웃는
저
꽃

누룽지

그거
그 누룽지요
뜨거운 돌솥에 눌려서 미안한 마음이다
그 누룽지가요 늘 한국인의 밥상에서 마지막으로들
피는 꽃일세 꽃이더라 꽃
김치 한 점 올려서 웃고들 먹는 그 꽃
구수한 입가심으로도 최고일세
자 누룽지들 보고 김치 한 번들 해보시게요
모두가 웃고들 그 꽃일세

웃음

그보다 아름다운 꽃은 없네요
없다
그 꽃 그 꽃들요
웃음꽃
그 꽃이 웃네요
허허

찔레꽃이 필 무렵에 딴 찻잎이 맛이 좋대요

찻잎이
맛이 좋은 것은
하얗게 핀 찔레꽃이어 그렇다네요
하얀 그 꽃의 마음이 찻잎에 스며들어 그렇네요
웃고들 핀 찔레꽃 어디서든지
찻잎에 담겨서요 사람들의
마음도 사랑으로들 적시네요
너 한 잔 나 한잔들 그 속에 우러난 것
그거 사랑일세 빨간 사랑
소망일세 누군가의 희망
믿음이더라고요
웃고들 핀 그윽한 향일세 향 웃고들 마시네
그 꽃차

소금

하얀 그것이 금이라고 하네요
황금보다 더 가치가 있는 금이라고 해요
간을 맞추네
그 간을 맞추네요
맛으로요
그 소금
금
하얗게 빛이 나는 꽃이 맞네요
금이 아니어도
꽃일세

갓난아기가 첫걸음을 했다

가정을 책임질 그런
첫걸음이 아닌데도
집안에
풍요가 넘치네요

웃고들 보게 되는
그 갓난아기의 그 생애
처음인 그 걸음이 화목한 가정에
새롭게 웃고 핀 에쁜 꽃이어라

어디서든
누군가에게도
그 거
사랑하는 에쁜 꽃처럼 행복이어라

그
꽃
이

길 없는 길

그 길에 누군가가 첫발을 내밀었다
그 첫발자국이 꽃으로 남아 있네요
그 누군가의 그 발자국 지금도 꽃일세 꽃
모두에게 처음인 꽃 그 꽃일세
첫눈을 밟는 느낌도 그렇네요
그 어디서인가 하얗게들 핀 예쁜 저 하얀
그
꽃

무슨 시간인가 물어봤더니

번뇌의 시간이 꽃으로들 피었다고 하네
누군가의 사연이 담겨 있다
꽃 같은 사연
시련으로도 피는 저 아픔인
그
꽃

다들 하고 싶은 그거

보고 싶을 때
보여주고 싶을 때
누구든 예쁜 꽃
그 꽃으로 피는 일이다
그 다들 하고 싶은 그거
그 다들 하고 싶은 그거가
그렇네요
지금 그 지금
늘 어디서인가 꽃일세 꽃이더라
그 꽃 저 예쁜
그
꽃

또라이들

점점 무서운 세상을 만들고 있네요
또라이 그 또라이들
그 험해진 그 세상
꽃으로들 사는 그 일이
쉽지가 않네요
그 또라이들
그 또라이들요
다들 꽃으로들은
살고 싶지 않은 모양일세
아이고 글쎄다
길가에 두서없이 생각도 없는 듯
어지럽게들 핀 그
저
꽃

김치 그 김치의 또 다른 이름

그 이름 그 김치 그거요
웃고들 사는 일일세 일이더라
어디서든 그 김치들 하면 그렇다네요
이빨 사이에 고춧가루 그
고춧가루를 드러내고는
그 김치 그 김치의 또 다른 이름
언제든 이빨 사이에
낀 그 빨간 고춧가루가요
글쎄다 글쎄요 웃음일세 웃음
그 웃고들인 그 모습들이
꽃일세 꽃 꽃이더라
저 어디서든지 예쁘게들 웃고들 핀
아름답다는 저 예쁜
그
꽃

묵은지

한 3년쯤 지나야 맛을 낸다
꽃으로들 그럴세
그 묵은지
사람도요
그렇네요
몇 년을 만나야
그 사람의 느낌을 알 것 같다
저 어디서든 묵혀서 보게 되는 그 꽃
오래된 그 쉰내 나는
묵은지

소머리국밥

뜨거운 뚝배기 안에
소머리 한 마리가 부위별로 다 들어 있다
그 죽은 소새끼 눈깔이 누군가를 쳐다보고 있다
다들 다들요 원망의 눈빛이더라
그 누군가를 그리 원망하고 있다
슬퍼 보이는 그 눈빛 내게도 원망이어라
그 소머리국밥
누가 봐도 안타깝다고 합니다
그 누가 봐도요
그렇게들 꽃이다 저 슬픈
그
꽃

가서 너도 그렇게 하여라

누군가의 명령일세
가서 너도 그렇게 하여라
그 누군가의 꽃일세
꽃이더라 꽃
그 꽃의 명령일세 명령
가서 너도 그렇게 하여라
어디든
가서 너도
그렇게 하여라
그 꽃처럼
웃고

진흙탕에 뒹구는 수박

물난리 한 번에 진흙탕에 뒹구는 수박
농사꾼 박 터지게 생겼네요
수박들이 이리 둥글 저리 둥글
잘 익은 수박들이 출하도 못하고 그럴세
농사꾼들의 근심걱정이 눈물이어라 피눈물일세
저 근심걱정인 그 마음을 누가 알아줄까
보고 있는 수많은 사람들 마음도 안타까움일세
뒹구는 그 수박들 빨갛게들 잘 익은 그것들요
이제는 농사꾼의 꽃은 아닐세 아니더라
진흙탕에 뒹구는 수박들이 그렇네요
더는 꽃이 아닐세
피눈물로 보이는 저 빨간 수박들
그
꽃

새

새 그 새 한 마리가요
깊은 산 속에서 푸른 나무에 앉아서
어떻게 울까 어떻게 노래를 할지 고민이네요
그 새소리 누가 듣기나 한 것인지는 모르겠지만 그러고
있네요
자연의 아름다움에 취해서 그러고 있어요
꽃들이 예쁘게들 피어 웃고들 있는 그 산속
대자연의 품안일세
자연인들의 쉼터일세
그 안에서는요
새 새소리
아니고도네
자연인들을 포함해
그 모든 것이 꽃일세 꽃이더라
웃고들 있는 저
이쁜
그
꽃

취해서

술 한 잔에 취해서요
꽃 향기에 취해서요
웃고들 행복한 모습에 취해서 다
늘 꽃이면 좋겠다
누구든 그럴세
웃고들 있는 그 꽃
어디서든요
지금
당장

발등 두 쪽 다 마비

걷는 걸음이 내 걸음이
꽃으로 보이고 싶어서 그렇다
하얀 꽃으로 보이고 싶어서 그렇다
웃고 걷네요
불편하기는 해도
하얗게 웃고 걷네요
불편한 그 세상 사람들이
그래도 웃고들이었으면 좋겠다
마비가 된 것이
마음은 아닐세
웃고 걷네요
저기에 핀 불편해 보이는
그
꽃

아내가 웃는다

손녀가 둘인데도 손주 아이가 생겼다고요
갓 태어난 그 손주 아이의 어린 고추를 보고 웃네
대를 이을 그 아이를 주어서요
감사한 마음이라고 웃네
까르륵
집안 전체가 웃음꽃일세
웃고들 그 웃음꽃일세 꽃
그 내 아내가 웃는다
모두가 꽃이다 꽃이어라
작은 고추에서 핀 그 하얀 예쁜 꽃이더라

그 꽃을 보고 있는 내 아내가 웃는다
내 아내가 웃는다
그 내 아내의 속마음
글쎄다 글쎄요 그것을 보고는
우리 식구들 모두가 웃네요 웃어
손주를 바라보는 마음들이 그럽디다
웃고들 있는 사랑하는 마음이
듬뿍 담긴 그 꽃
내 아내의 숨겨놓은 마음일세
그 마음
손녀들 보고도요 미안한 마음에요
슬며시 벙긋 웃네

배를 3, 4십 센티 가르고도 죽지는 않았다

내가
꽃들의 시인이어 그렇다
의사가 그렇게 말을 하더이다
세상 사는 것 보기 나름일세
내 가른 배에 핀 꽃을 보네
그런대로 보기가 좋네요
나는 그것을 보고 웃네요 웃네
나만의 꽃이여

유능제강(柔能制剛)

부드러움이 강함을 이긴다
꽃이어서들 그렇다 그렇더라
그 부드러움 지금도요
누군가에게 꽃일세
꽃이더라 그 꽃
저 모두가 보게 되는
그 웃음이 예쁜 그
저
꽃

돌

저 땅을 파고 또 파봐도
돌 그 돌 천지네
그 돌밭에 씨를 뿌려서
각종 채소를 가꾸고서
꽃이더라 꽃일세
맛있게들 먹는 그 꽃이다
그 꽃
돌 그 사이로 돌 사이에
꽃이 피었습니다
웃음꽃 그
저 꽃

어떤 그리움

그 어떤 그리움이 저 멀리 보이는 그 험한 바닷가 한가운
데서요
무지하게 성이 나 있는 그런 무섭다는 몹시도 아주 험하
게요
요동치면서 출렁이는 그 높이 치솟는 파도를 아무것도
아닌 것처럼 오고 있어요
그 옛날이 무지도 그립다고 했던 그 일이어요
저 성들이 많이 나서 어떻게도 할 수가 없는 그 파도가
워낙 그리워 그 엄청나게 애가 타는 그런 그 마음을
다는 아니더라도 아는지 왜인지 자세히는 모르겠지만요
겉으로는 웃고들 있지요 아무것도 아닌 척들 하고서는요
저 그 무지하게 성이 나 보이는 고 화가요
도대체 뭐라고 할 수가 없을 정도로 글쎄어라
지금 당장이라도 무슨 일을 낼 수 있는 그것들만큼이나
아주아주 모질게도 화화 그럴 것 같은 그 화들이요
엄청이지요 뾰족한 뿔처럼 잔뜩 나 있어요
아이고 그거 대개는 다들이네요
아주 요상하게 거품들까지도 입에 잔뜩 물씬 물고요
그냥 짜증만 난다고 마냥 그러고들 있어요

보고 또 보고 있는 그것이 말이어요

그렇게들 머리끝까지 쭈뼛쭈뼛하게도요

몹시도 다들 무섭다고 해요

아, 나의 사랑하는 그 바다야

저기 저 험한 바다여

나의 그리움이 잔뜩 흐린 모습 그대로 있는

저 푸르고도 더 푸르게만 보여지는 그 많이들 화가 나서도

아닌 척 태연하게 말하는 나에게만은 분명 다들 말이어요

그저 모두 착하게만 보이는 저기 저 푸른 바다여

그러고 있는 마음이 불편하기도 한 나는 말이요

그 누군가 그렇게도 어이없도록 간절히 애가 타고

그리워서 어찌 되었든 많이도 보고는 싶어서 에고

우울한 비 님이 저 하늘 높은 곳에서 생각지도 못할 정도로

막무가내로 쏟아지며 엄청 무작정들 모질게도 마구 들이대고요

오시는 이런 구질구질 궂은날이면

저기 아무도 없는 저 바닷가 험한 곳에 있는 수많은 갯바위가 다들 왜 그러는지 모르겠어도

외로울 것이라고 그렇게 쓸쓸하게는 보여도 모두 다

각자 저 홀로 외롭게 웃고들 있는 그 쓸쓸하게도
남들에게 저 힘이 없어 험한 모습 그대로들 지고 있는
안되어 보이는 그 꽃님네들 저 갯바위에서 하는 저
다들 아는지는 거 그거 몰라서도요
그 슬픈 그렇게들만 보이는
아이고 어인 그 일들의 그리움도 엄청나게 섞여 가만히
누가 뭐라고 해도 그렇네
처연하게 하는 눈물과 슬픔 속에 그리움이 무지 그리워
하는 그 마음들이 모여
서로가 서로를 억지로 억세게도 속에 있는 마음들이 다
네요
어처구니가 없게도요 다 한쪽으로는 잔뜩 화가 나서
고대로인 그런 꽃 떨어지네 예쁘게만 그렇게들 보여지던
그 꽃님네들
아주아주 많이도 그 예뻤던 그런 시절이 하찮게 그냥 가
만히 있어도 그저네요
슬픈 조 모양이라고는 없다는 그 모습 그대로들이네요
보잘것없는 것으로들 떨어지네요
아 아, 저기들이요

저기를 좀 보세요
다들이어요 행복하다는 그런 시절 다들 보내고는요

그 꽃님네들이 저리도 슬퍼 허무하게 떨어진다
아아,
아이고 저 그 갯바위에서의
저기 저 그 갯바위 아래로 보이는
성이 화들이 잔뜩 모질게도 나 있는
저기 저 보이는 그 험한 바닷가 그 파도가
하얗게들 보이는 게거품까지도 물고서는요 그래요
그 꽃님네들이요 갯바위에서 지금 하고 있는 그 애가 탄
다는 하소연을
있는 그 모습 그대로 더는 그 누군가에게 더는요
보태지도 않고서 고스란히 다 모두 귀담아 듣고 있네요
그거

저 언제든 어두운 밤이 깊어지면 더
누군가를 글쎄 엄청나게 많이 그리워하고요
무지 외로워할 것만 같은 쓸쓸하게 보이기도 하는 성난

그 파도가

　한때는 다들 외로워서 그 누군가를 몹시도 그리워했던

　저 갯바위의 그 옛날 그 슬픈 사연을 듣고는 상담했던 좋은 멘토가 되어

　저 슬픔과 그리움이 교차하던 갈등이고 고통이기도 하여

　숱한 상처로 보여서 커다란 아파하는 그런 마음이기도

　그래 보이기도 하였던 그것을 고루 보듬고 어루만져 주던

　그때의 그 모습이 그대로여라

　저 갯바위들이 그러네

　파도여 저 성이 많이 나도 아닌 척들 하는 나의 그 푸른 파도여

　험하게들 몹시도 마구 출렁이는

　아이고 나의 사랑이 고스란히 지금도 버티고 있는 파도여

　그 파도를 보고 또 보고는 다들 그러네요 바로 저기요

　그 갯바위가 지금도 예나 지금도 하나같이 다들 변함없이 그러네요

　고맙다고요 뭐든지 다들 저 파도가 너무 감사하다고 하더이다

　그걸 물끄러미

아주네요

처연하게 바라보고 있는 저 슬픈 모습 그대로요

떨어지는 한때는 모두가 예쁘게들 보였었던 그 꽃님네들이

갯바위에서 했던 그 하소연을

저 하얀 성이 난 게거품까지도 물고 화가 잔뜩 나 있던

해맑게들 깨끗한 겸손까지 한 푸른 마음을 가진 파도에게

다 하나도 빠짐없이 고스란히 그대로인 채로들

모두 가만히 들어주고는 위로와 다시금 예쁘게 다음에도

꽃으로들 웃고 피고들 싶다면 힘이 들어도 내년을 기다
리고

기다리다가 보면 누가 아닐 것이라고들 해도 그 기다리
는 고

마음들이 보이지는 않는 그 지는 꽃님네들 그 가슴 속에
그게

어디든지 조금만 있어도 어여쁜 꽃으로들 웃고 떠들고
필 것이라고요

그 화가 잔뜩 나 보이지만 겉으로만 그러고

진짜 그 속은 깊은 뜻이 있는 사랑이기도 하여 다른 모두
에게 그저 전부가 다네

기쁨인 그 통이 큰 파도가 말이어요

제게 힘이 없이도 떨어지며 갯바위에게 저 수많은 하소
연을 있는 그 자체로들 하는 것을 보시고는요

그 기다리고 있는다면 다시 또 언제든지 그 언제이그 꽃
이 피는 계절엔

분명 예뻐 보이는 꽃으로 필 것이라는 그 희망을 아주 많
이도 주었어요

그저 고맙기도 하고 늘 감사한 마음이어요

아이고 에고여라

나요 저요 그 아니고서도요

내가 꽃나무에서 힘이 없어 하였던 내 지던 날의 그 슬픈
사연을 듣고는

나에게 많은 도움이 되었던 그리고는 희망이었던 저 갯
바위에서

그 갯바위에게 하였던 그 하소연이 다 저기요

저기 저 성나 보이는 그 파도의 회가 많이 난

그 모습들을 아무런 말들이 너무나 없어도요

다들 물끄러미 그윽한 그런 좋아 보이려는 눈빛으로네

허허 허 허ㄱ

그거요 무지도 좋아서들이네요
끊임없이들 바라본다
그거 다가요 남들 보기에는 그 눈에는 어찌 보이는가는
잘은 몰라도
그거 그거 다 모두가 다여라
어디서든 죽어서도네요
예뻤던 꽃잎이 떨어져서도네요
그 누군가 무지하게 보고 싶은 저 꽃님네들이
슬픔인 모습으로 지면서들 하네요
사람들도 그런다고들 해요
그 죽어서도네요
저승에서는 이승이 그립고
힘이 드는 그 이승에서는 저 하늘 높은
그 저승에 있는 그 누군가가 무지하게 보고는 싶다네요
그거, 다들 다요
어디서든 무지하게들 보고 싶은 그런 그리움이어요
그런 그런 눈물이 듬뿍 담겨 있는 그 마음들이 그래서들
그래요
저기요

　저 저기요 갯바위에서 하얀 거품들 화가 많이 난 상태로
물고 넘실넘실대며
　아주아주 엄청나게 많이도 출렁이는 그 폭이 크고드 넓
게만 보이는 우리 모두의 파도여
　그 푸른 그
　허 허, 허ㄱ
　파도의 폼나게 보이는
　그래 그래요
　넓고 넓은 그 꽃 그리움
　그
　꽃

시

시 그 시를 쓰고 있는
저 꽃의 시인 그 예쁜 꽃들의 시인
그 시인의 그 번뇌가 가득찬 마음이
이 힘들게들 사는 세상 그 세상을 글쎄다
그 글쎄 꽃으로 보는 일이더라 일이다
그러네요
그래요
글쎄
그 시
그 시가요
그 시가네요
누군가의 고통스러운
마음속에 있는 그것들이요
모두가 꽃이래요 꽃으로들요
살고들 싶다고 하더이다
저 꽃의 시인의 마음속에서 숨어서네
웃고들 핀 그 이쁜 저
그 꽃

무명 시인이어서 행복하다

박관식(소설가)

최근 김훈 소설가가 조국 전 법무부 장관의 자녀 입시 비리를 비판했다는 이유로 '개딸' 등 야권 강성 지지층의 표적이 됐던 모양이다. 일부 과격 지지층은 "김훈의 책을 다 갖다 버리겠다"고 나서 정치권과 문학계에선 20여 년 전 이문열 소설가의 '홍위병 논란'이 재연되는 듯하다는 반응이다.

김훈 소설가는 지난 8월 4일자 중앙일보 1면에 「내 새끼 지상주의의 파탄… 공교육과 그가 죽었다」라는 제목의 글을 기고했다. 그는 기고문에서 최근 서이초 교사의 자살을 초래한 학부모 악성 민원의 실체를 '내 새끼 지상주의'로 지목하면서 조 전 장관 일가의 입시 비리를 거론했다.

김훈 소설가는 "'내 새끼 지상주의'를 가장 권력적으로 완성해서 영세불망(永世不忘)의 지위에 오른 인물은 조국 전 법무부 장관과 그의 부인이다"며 "그는 아직도 자신의 소행이 사람들에게 안겨준 절망과 슬픔을 모르는 것처럼 보인다"고 썼다.

그는 조 전 장관을 비롯한 고위 공직자 등 기득권층의 '내 새끼 지상주의'를 지적하며 "이렇게 해서 공동체의 가치는 파괴됐고, 공적 제도와 질서는 빈껍데기가 됐다"고 언급했다.

하나 200자 원고지 22장의 기고문에서 조 전 장관을 언급한 것은 두 문장뿐이었다. 주로 '내 새끼 지상주의'가 공교육 현장과 교사들의 마음을 무너뜨리고 있는바 이에 한국 사회 전체의 각성이 촉구된다고 밝혔다.

그런데도 야권 지지층은 김훈 소설가에 대해 "노망이 났다" "절필하라" "더위 먹었냐" "책을 불사르겠다" 등의 인신공격과 폭언을 쏟아냈다.

김훈 소설가는 2011년 3월 함민복 시인의 결혼식 주례에서 "신랑 신부 나이를 합치면 100살"이라고 말한 짓궂은 농담으로 문단에 유명하다. 물론 "가난과 불우가 그의 생애를 마구 짓밟고 지나가도 몸을 다 내주면서 뒤통수를 긁는 사람"이라는 말로 위안을 주기도 했지만….

여기서 나는 불현듯 의문이 든다. 한때 문재인 전 대통령을 지지했던 김훈 소설가가 갑자기 문 전 대통령이 아끼는 조국 전 장관을 비판한 이유가 자못 궁금하다. 아직 나이 탓이라고 하기에는 좀 그렇다.

혹여 그동안 제 생각과 철학이 잘못된 것을 알고 변신한 것일까. 그렇다면 자신의 주례를 볼 만큼 가까웠던 친분이 있는 이런 김훈 소설가를 바라보는 함민복 시인의 마음은 과연 어떠할까. 자못 궁금하다.

내가 여기서 불쑥 김동우 시인과 무관한 최근 문단의 화제를 꺼낸 이유는 따로 있다. 한마디로 대한민국의 문학이 쓰레기로 취급받고 있는 현실이 개탄스럽기 때문이다. 문단을 대표하는 보수의 이문열과 진보의 김훈이 함께 무너지는 기이한 형국이다.

소위 '그릇된 정치'를 꾸짖고 '망나니 정치가'를 조롱하는 문학의 권위와 의무가 송두리째 함몰된 세상에 우리는 살고 있다. 독자들은 순수한 문학의 작품성에 상관없이 작가가 자신의 정치 성향과 입맛에 맞지 않으면 으름장을 놓고 매장하려고 혈안이다. 이러니 어찌 문학이 존재할 수 있겠는가.

나는 개인적으로 친분이 있는 대학·고향 후배인 함민복 시인을 잘 안다. 김동우 시인도 친하지는 않지만 대학 동문으로 아는 사이다. 하지만 우리는 무명 작가이므로 그 어떤 말이나 글을 써도 세상은 무관심하다. 그런 연유로 그 어떤 정치색을 드러낸다거나 쏠리는 일이 없다. 하지만 표출은 한다. 배설의 기쁨이다.

김동우 시인은 기존의 시집에서도 현실의 정치 상황이나 사회문제를 다루었다. 다만 노골적으로 드러내놓고 어느 한쪽을 편들지는 않는다. 그저 정당성을 외치고 상식적인

<해설>　145

현실 세계를 원할 뿐이다. 그러나 색깔이 있는 독자들이라면 앞의 부류처럼 공격할 수도 있겠지만 그 정도는 아니다.

이번 시집에서도 최근 문제가 된 교사 인권과 거리 살인 사건 등 현실을 다룬 작품이 있다.

시 「지나친 학생인권 강조」에는 '교사 폭행 등 그런 일이 비일비재여도 묵인들 하고 / 어느 누구든 못 본 척들 하며 사는 세상이 되었네요 / 말도 못할 정도로 비일비재인 그 세상이 되었네요 / 그걸 참다못해 극단적인 선택을 한 한 교사 / 25살 어린 나이에 교사생활 내내 극단적인 선택을 하기까지 / 그 속마음이 어땠을까 가슴이 아플세다 / 지금 우중 거센 장맛비가 그 아픈 슬픔을 덮고 있다 / 분양소를 찾는 애도의 발길 빗길 속에서도요 / 하얀 국화꽃 즐비하게 들요 눈물이어라 슬픈 눈물일세다'라는 애절한 아픔을 담담하게 그리고 있다.

시 「또라이들」에서는 '점점 무서운 세상을 만들고 있네요 / 또라이 그 또라이들 / 그 험해진 그 세상 꽃으로들 사는 그 일이 쉽지가 않네요 / 그 또라이들 그 또라이들요 / 다들 꽃으로들은 살고 싶지 않은 모양일세 / 아이고 글쎄다 / 길가에 두서없이 생각도 없는 듯 어지럽게들 핀 그 저 꽃'이라며 입 밖으로 튀어나오는 욕을 불편한 그대로 누설하고 있다.

김동우 시인의 이번 다섯 번째 시집 『아내가 웃는다』는 시인의 말에서도 밝혔듯이 손자 출생의 기쁨을 노래하는 데 핵심이 있다. 그래서 시집 발간도 손자의 탄생일과 엇비

숫한 날로 정할 정도였다.

요즘 신혼부부 감소와 함께 경제협력개발기구(OECD) 국가 중 출산율 최저 수준인 대한민국의 현실 속에서 새로운 아기의 탄생은 가히 경사스러운 일이 아닐 수 없다.

지금 대한민국 정부는 출산장려정책에 온 힘을 다하고 있다. 그러나 아무리 온갖 정책을 내놓고 엄청난 예산을 쏟아부어도 뚜렷하게 달라지는 것은 보이지 않는다.

얼마 전 나는 몽골에 여행을 다녀오면서 몽골의 젊은이들이 수적으로 열세인 자국의 인구를 늘이기 위해 출산에 적극적인 사실을 직감했다. 인구가 부족한 몽골의 소도시 변두리에도 아이들을 위한 놀이터가 눈에 많이 띄었다. 비록 시설이 우리나라에 비하면 조악하지만 형형색색의 놀이기구가 아이들에게 희망을 준다.

몽골 여행에 동행한 지인이 손주를 돌보는 처지에서 우리나라 출산 장려정책의 비책을 나에게 귀띔했다. 결론은 다 필요 없이 아기들을 부모가 퇴근할 때까지 돌봐주는 유치원을 의무적으로 설립하는 길이 최선이라고 했다. 정부 관련 기관과 무관한 데도 나라의 미래를 걱정하는 우리야말로 진정한 애국자(?)가 아닌가?

김동우 시인은 시 「아내가 웃는다」에서 '손녀가 둘인데도 손주 아이가 생겼다고요 / 갓 태어난 그 손주 아이의 어린 고추를 보고 웃네 / 대를 이을 그 아이를 주어서요 / 감사한 마음이라고 웃네 / 까르륵 집안 전체가 웃음꽃일세 / 그 내 아내가 웃는다 / 모두가 꽃이다 꽃이어라 / 작은 고추에서 핀 그 하얀 예쁜 꽃이더라 / 그 꽃을 보고 있는 내 아내가 웃는다'라며 손자의 출생을 기뻐한다.

또한 시 「갓난아기가 첫걸음을 했다」에서 '가정을 책임질 그런 첫걸음이 아닌데도 / 집안에 풍요가 넘치네요 / 웃고 들 보게 되는 그 갓난아기의 / 그 생애 처음인 그 걸음이 화목한 가정에 / 새롭게 웃고 핀 예쁜 꽃이어라'라며 첫걸음을 뗀 손자에게서 웃음꽃을 발견한다.

과연 대한민국의 미래는 출산율에 명(命)을 걸 만큼 위태로운 것일까. 앞으로 30년이 지난 1세대 이후의 대한민국은 어떤 모습으로 변해 있을까. 이대로 젊은 세대들은 무너져 가는 대한민국을 그저 바라보고만 있을까. 그것이 궁금하다.

이는 김동우 시인과 나의 공통된 생각이다. 독자들은 이런 우리 같은 무명 작가에게는 관심이 없다.

그래서 행복하다.